툭, 건드려주었다

시작시인선 0203 툭, 건드려주었다

1판 1쇄 펴낸날 2016년 5월 25일
지은이 이상인
펴낸이 이재무
책임편집 박찬세
디자인 이영은
펴낸곳 (주)천년의시작
등록번호 제301-2012-033호
등록일자 2006년 1월 10일
주소 (04618) 서울시 중구 동호로27길 30, 413호(묵정동, 대한문화원)
전화 02-723-8668
팩스 02-723-8630
홈페이지 www.poempoem.com
이메일 poemsijak@hanmail.net

ⓒ이상인, 2016, printed in Seoul, Korea

ISBN 978-89-6021-271-8 04810
       978-89-6021-069-1 04810(세트)

값 9,000원

툭, 건드려주었다

이상인

천년의
시 작

아무 생각 없이 꽃이 핀다.
이내 꽃이 진다.

생의 행간에서
보너스처럼 새가 울어준다.

이런저런 날은
마음대로 구부러진 문장 길
시 한 편으로
마냥 서성거리다가
시외버스처럼 점점 멀어져가고 싶다.

2016년 봄 풍진이와 발미에서

차례

시인의 말

9

제1부

소 울음소리

깊고 캄캄한 동굴 속에서
간헐적으로 울려 나오는 울음소리
천장에 고드름처럼 거꾸로 자라는 잠을
뚝뚝 녹아 떨어져 내리게 한다.

한 울음소리가 여러 개를 데리고 나오고
저마다 크고 작은 동굴이 텅텅 울려
밤 한가운데 울음의 낟가리
무더기로 쌓아 올린다.

우렁우렁 덩치를 살찌우며 살아온 것이
텅 빈 동굴 하나 파내는 일이었다니
끝내는 그 궁륭을 되울려 나오는
자신의 목소리, 처연하게 듣는 것이었다니

현미밥을 지으며

드디어 코를 씩씩 불어대는 밥솥의
힘찬 가슴앓이,
밥물이 잦아들 동안
그대의 듬직한 뒷모습을 떠올려보고
그 뒤에 찐득하게 붙어 있는
몇 알 잘 익은 숨소리를 눈여겨보네.

밥상은 늘 차려져 있는 것이 아니지
다숩고 고소한 밥을 짓는 것도 마찬가지
꺼끌꺼끌한 껍질을 벗고 다시 태어나야
여러 사람이 나눌 수 있는 고봉밥 되느니

그래 난 지금
그대가 보내준 쌀 포대 자루에서 몇 줌의
밥을 지어내고 있으니
왠지 올 것 같지 않던 내일이
피붙이처럼 문 두드리며 들어설 것 같고
함께 들어서는 키 큰 희망이
반갑게 손 내밀어 악수를 청할 것만 같아
매향 피어나는 봄날처럼 가슴 설레네.

문장리[*]

사람들은 짧은 문장 안에서 산다.

잠시도 문장을 벗어나 본 적 없는 명사들이
서툴게 쓴 문장 길을 어슬렁거리고
문장의 크기만큼 열리는 오일장에는
싸고 풋풋한 언어들이 넉넉하게 팔린다.
몇 대째 한 문장에서 함께 사는 이들
고치고 고쳐도 허술한 생을 베개 삼아
저녁이면 30촉짜리
밝은 주제 하나 켜놓고 잠든다.

개구리 떼도 긴 문장 속에서 운다.

어쩌다 문장을 펄쩍 뛰쳐나간 놈들은
소문처럼 아침 안개로 떠돈다.
별들마저 새까만 밤하늘의 첫 페이지에
세상에서 가장 아름다운 문장으로
세상에서 가장 슬픈 전설을 수놓는
이 문장 안에서, 문장 사람들은
서로 뜻이 잘 통하는 한 구절 문장일 뿐.

부대끼며 힘들게 살다 보면
눈인사만 나누어도 금방 친숙해지듯이
짧고 간결한 내용의 문장들이
다시 태어나고 새롭게 고쳐 쓰이다가
결국은 삶의 비틀린 얼룩 자국처럼
세월의 비누로 깨끗이 지워져가는 것이다.

짧고 긴 문장 안에 사는 것들이 많다

● 함평 해보면 문장리文章里

이륜耳輪

강진 다산초당, 고개 넘어
백련사 숲에서 만난 동백나무 몇 분은
온몸에 귀를 달고 있었는데요.
두 개의 귀로는 부족하다고
글쎄 어깨에도 등에도 허리에도
심지어 엉덩이며 종아리, 발등에까지
그 청미淸美한 귀를 붙이고 서서
세상의 소문들을 다 들어주시기도 하고
내면에 파동치는 우주의 울림까지도
낱낱이 읽고 계시는데요.

달이면 달마다 귀들이 커진다고 하네요.
이제 막 나기 시작한 것도 있지만
반쯤 자라 반쯤 열려 있는 것도 있고
어떤 귀는 완전히 다 자라서
엄청 무거워 보였는데요.
그것은 구강포에 내린 철새 울음소리 담고
일몰 녘 갈바람에 서걱대는 갈대 소리도 담고
통 목숨째 이우는 당신 곁의 동백꽃 사연들로
꽉 채워놓았기 때문이라고 하네요.

선암매

비사표 당성냥 한 줌씩 들고 위태로이 서서
화악, 불 싸질러버릴 태세다

난 그 성냥개비 하나 호주머니에 찔러 넣고
오래 만지작거린다

일어나지 않은,
말없이
말할 줄 아는 충동마저 깡그리 태워버릴
얼음덩이 같은 화염을 생각하며

순천역이 가슴속에서 떠나갔다

순천만 비상하는 흑두루미를 배경으로
흐릿하게 찍힌 사진 속에서
불현듯 되살아 나온다.
역전 콩나물국밥 집 해월식당에 남은
이빨 자국 하나 꽉 문 깍두기

그저 이렇게 저렇게 왔다가 가면서
폐허처럼 깊은 그리움을 남긴다.
무수한 발자국 위에 또 하나
지워지지 않는 인연의 흔적을 찍듯이

마음만큼 뜨겁던 세월의 뚝배기도
어느덧 바람처럼 뚝딱 비워지고
더러 보내고 남는다는 것이
몸 깊숙이 박힌 이빨 자국 하나 품고
오래 견디는 일이거니

무리 지어 날아와 혼자이듯 앉았다가
대오를 이루어 날아가는 철새처럼
우리는 늘

깊은 상처를 서로 어루만지며
서둘러 떠나가고 있는 것은 아닌지.

둥근 하늘

나비 한 마리가 무밭을 뒤집다.
손바닥 푸른 손금 안에, 생각을 낳는지
소리도 없이 몇 초씩 머물러서
내 등허리 간지럽다.

문득 어깨를 들썩여보니
노란 알에서 깨어난 추억들이 스멀스멀 기어 다닌다.

얼마를 아슬아슬 디디며 견디어야
둥근 하늘에 구멍이 뚫리고 새로운 세상이 열리나

나부끼는 생, 몇 장 독파하고 나니
펼치는 힘찬 나비의 날갯짓
허공에 물결무늬 투명하게 새겨진다.

쥐눈이콩

저 까만 눈알 좀 봐
세상에
세상에나 눈알만 굴러다니는
놈도 있네
쇠무릎 아래로,
돌 틈으로 스르륵
고걸 이 빠진 쥐가 물고 달아난다.
쥐 잡아라,
쥐눈이 잡아라
작고 까매서 유난히 이쁜,
눈이 안 좋은 쥐들이 몰래 물어다가
열심히 끼워본다고 하던가
반짝반짝 잠이 몰려온다.
둥근 쥐눈이똥 쏟아진다.

툭, 건드려주었다

벼랑 돌 하나를 굴려주었다.
일억 이천만 년 동안 나를 기다려
비탈길 하나를 굴러 내린다.

한 번의 구름을 위해
수만 번의 심호흡과 몸을 둥글게 말아가며
자세를 가다듬었을 것이다.

그 오랜 침묵의 무게를 벗고
파닥 날개를 펴는 새처럼
땅을 박차고 힘껏 뛰어 내려갔을 것이다.

단 한 번의 밀어줌으로
간단없이 급한 비탈의 경계를 넘어
다음 생에 당도한 바위 조각,
거기서 또다시
누군가 툭 건드려주는 일이 또 생길 듯이
깊은 꿈을 꾸듯 기다려야 한다.

물방울

목욕탕 한쪽에 누워 있는데
누군가 내 이마를 툭 친다.
내가 누울 때부터 점점 눈을 크게 뜨며
나를 노려보고 있었던 것
아마도 내가 천장에 매달려 있는 것으로
착각한 모양이다.
또 생겨난 물방울 하나가
이번엔 내 오른쪽 귀를 때리고 잘게 부서진다.
저 헛생각처럼 자꾸 생겨나고 있는
크고 작은 물방울들은 나를 바닥으로 여기겠지만
나는 천장이 바닥으로 보인다.
내가 물방울들 사이로 떨어질 것 같아
잠시 몸을 움츠리는 찰나에도
이 세상 여기저기에서는
물방울들이 끊임없이 태어나서 자라고
잠시 매달려 살다가
순식간에 떨어져 흔적도 없이 부서져갈 것이다.

내 살아온 만큼의 무게로 떨어져
가닿아야 할 저 천장 너머 무궁한 바다,

아득하게 깊다.

반짝이는 어둠

대숲에 일렁이는 어둠의 비늘이 파르르 떨린다.

우리는 한자리에 너무 오래 서 있었구나.

이곳에선 가난도 슬픔도 기쁨도 별빛처럼 아름다이 반짝거린다.

푸른 능골이 아득하게 휘어지는 새벽녘

수탉 울음소리처럼 닦을수록 빛나는 어둠이 불끈 주먹을 쥔다.

뻐꾸기 둥지

막 동이 틀 무렵
아랫배에서 뻐꾸기가 운다.
명치 쪽으로 올라와 울기도 하고
편히 자리를 잡고 쉬엄쉬엄 운다.
나는 누군가
다른 둥지에 낳아둔 알은 아니었을까
태어나기 전의 기억을 더듬거리다가
내 주위에서 잊지 말라고
때때로 울어주고 있는 이는 없는지
잠시 주위를 접었다 펼쳐보는 사이
뻐꾸기 울음은 그칠 기미도 없이

나는 또 어느 둥지에 남몰래 한두 개
내 마음을 낳아두지 않았을까
그 마음, 껍질을 깨고 나와
덜 깨어난 마음들 둥지 밖으로 밀어내
간단없이 죽이고
무럭무럭 자라서 다시 날아오라고
끊임없이 울어주고 있는 것은 아닌지
이 부질없는 생각들 추스르고 있을 때도

내 아랫배를 지그시 누르며
뻐꾸기는 울음 울어
새벽이 뻐꾹뻐꾹 밝아온다.

황태찜

변두리 해물칼국수 전문점
황태찜을 시켜 먹고 카드로 긁다.

문득 밖에서 바라본 반투명 통유리창에
먹던 밥상이 한 폭의 정물화처럼 걸려 있다.
우리들이 질겅질겅 씹던 슬픈 일들이며
기쁜 이야기들이 그릇에 반쯤 담겨 있거나
더러는 깨끗이 비워져 있다.

황태가 너무 맵다고들 했다.
먼 거리를 헤엄쳐 여기까지 온 것을 생각하면
매운 것도 당연하다고 뒤돌아서는데
우리들의 몸속을 통과한 명태들이
수천 마리씩 무릴 지어 새카맣게 헤엄쳐 가는
먹구름의 하늘

세월을 견디며 삭아가는
우리도 몇 명씩 돌고래 같은 차를 타고
서둘러 흘러갔다.
반쯤 얼다가 녹고 얼다가 녹아

한결 포근하고 가벼워진 채로 누군가의
따뜻한 몸속을 자유로이 유영하기 위해
마음속 얽히고설킨 것들을 풀어줄
맵고 시원한 맛으로 남기 위해

민들레 우주선

항암에 좋다는 흰민들레
우물가에서 깨끗이 씻어 마루에
가지런히 뉘어놓았다.
잎과 뿌리가 시들시들해질수록
힘겹게 고개를 들어 올리더니
꼭 다물었던 꽃망울을 터뜨리며
다급하게 둥근 우주 하나씩
세상에 피워놓는다.

사지가 깡마르고 심하게 뒤틀리는
생의 마지막 찰나까지
온힘을 다해 토해놓은
아름다운 우주선들
한순간 바람에 힘껏 솟구쳐
민들레 주위를 빙글빙글 돌고는
새로운 세계로 환하게 날아간다.

풍진이의 봄날

우리 풍진이가 봄잠 즐기다가
부스스 깨어나 컹컹 짖자

농협 창고 옆 비스듬히 기대어 있던 늙은 살구나무가
캑캑 꽃들을 뱉어낸다.

가슴속에 담아둔 묵은 말들을 속 시원히 쏟아낸다.

덩달아 그 옆에서
겨우내 잔뜩 허리가 휜 대나무도 팔을
쭈욱 펴고 일어선다.

경經, 중얼거리다

시시로 변해가는 저문 풍경을
귀에 담아두려고
뜰에 흔들의자를 내놓고 있는데
나무들이 꽃들이 나를 중얼거리기 시작한다.
대추나무 사이로 내려앉는 새도
저희끼리 무어라 속삭이며 중얼거린다.
강조할 점이 있다는 듯이
내 이마에 한참을 머물다 방점을 찍는
흰나비 한 마리
일어났다 흩어지는 구름이나 무심히 바라보다가
대숲을 뒤적이는 바람 소리
조금 엿듣고 있을 뿐인데
도대체 무슨 내용이 쓰여 있기에
나를 읽고 또 읽으려 애쓰는 것인지.

만 권의 책을 공부해도 몸에 넣지 못하고
천 번의 이별과 사랑을 기약해도
그 뜻을 듣지 못하는 내 귀 근처를
볼멘소리로 다가온 모기 한 마리
따끔한 일침을 놓는다.

제2부

애기사과

밑줄 그으며 몇 번씩 침 묻혀 넘겨본 생을 뒤적여보면 한 길 건너 모퉁이에 얼른 어른이 되고 싶은 내가 서성거리고 있었지.

한 번도 본 적 없는 그대를 애타게 기다리다가 다 자라지 못한 생각들을 이듬해 봄 탐스러운 꽃으로 만들어 매달아보곤 하였네.

하르르 그 꽃잎들 지고, 그대도 없이 주렁주렁 품에 안아 키운 다 자란 작은 애인들이 너도나도 얼굴을 붉히는 동안 벌써 시린 발목을 동여매고 가는 야금야금 벌레 먹은 백년 세월의 그림자.

자꾸만 어른이 되지 못한 푸른 비애와 당신을 만나지 못한 노란 그리움들이 군데군데 차돌 박힌 땅바닥을 치며 뚝뚝 떨어져 나뒹굴고

그렇게 흔들리는 세연世緣의 가지를 붙잡고 속이 시커멓게 타들어가고 쭈글쭈글 말라비틀어질 때까지 죽어라 손을 놓지 못하던 하, 수상한 세월이 있었네.

하늘로 밀려가는 파도들

남해 가천 다랑이논들은
하늘로 오르는 층계다.
먼 바다의 파도들이 한숨에 달려와
며칠 동안
할 일 없이 해안을 돌아다니다가
하, 심심해져서는
무작정 벼랑을 뛰어올라 보던 놈이 있는가 하면,
또 어떤 놈은
영리하게 묘기 부리듯 뛰어오르기도 하고
그 뒤를 이어 너도나도
덩달아 비탈을 오르기도 한 것이었는데
그렇게 수천 년을
철썩철썩 굽이치고 굽이쳐 오른 파도들이
차근차근 하늘에 닿는 것이
안개 낀 날이면 살포시 눈에 띄기도 하는 것이었는데.
그러나 지금 가천 다랑이논들은
하늘로 오르는 것이 하도나 힘드니까
힘드니까 착한 인간의 마을에서
어깨동무를 하고
잠시 쉬며 튼튼한 다릿심을 키우는 중이라고,

언젠가 먼 바다로부터 정말 힘센 파도들이

수천수만 척씩 밀려들면

함께 높푸른 하늘에 다다를 거라고.

풍진이의 겨울

펑펑 쏟아지는 함박눈이 좋아
마당 가득 발도장을 찍어대더니
하늘을 향해 컹컹 짖어댔다.
그 간절한 울음소리에
하늘 벽장에 차곡차곡 쟁여 있던
눈 상자가 삐거덕 어그러지면서
고루고루 흩뿌려졌다.

나도 덩달아 하늘을 향해
왕왕 큰소리 쳐보았더니
내리던 싸락눈마저 스르르 그치고
하늘이 무장 짱짱해졌다.

여명

저물녘 대숲에 슬그머니 숨어드는
비둘기 한 마리
대나무가 푸른 깃을 펼쳐 안아 들인다.

그때부터였다.
파도처럼 물결치는 대숲을 따라
비둘기는 흔들리고 흔들리며 잠을 청한다.
허리 휘는 대나무들과 하나가 되어
꿈속에서도 흔들린다.
함께 흔들리지 않으면
푸드덕 땅에 떨어지거나
여지없이 달려드는 날카로운 발톱

쏴쏴 밤새 가슴 쓸어대는 소리
긴 장대 하나에 의지한 어두운 밤은
눈썹 반짝이는 별들을 유난히 *끄먹거리게* 하듯
날마다 세상은,
흔들흔들 삶을 이리저리 마구 흔들어대는데

터벅터벅 걸어서 불쑥 당도한 새벽에

동네 개들이 깜짝 놀라
컹컹 어둠을 하얗게 짖을 때까지
자꾸 휘어지는 댓가지 하나 꼭 붙들고 흔들리고
흔들리다,
마침내 숨 트는 갓밝이 속으로

오리들의 묵념

섬진강 위로 노을이 붉다.
하루내 거센 물살을 헤집고 다닌
오리 서넛, 둘러서서 노을을 바라본다.

오늘 잡혀준 물고기들의 여린 목숨에 대하여
물갈퀴로 긁어 놀라게 한 자갈들에 대하여
강의 가슴 위에 무수히 긋고 다닌
보이지 않는 상처들에 대하여 묵념하듯이
한참을 경건하게 모여 서 있다.

조금 남은 노을로 서로의 안색을
꼼꼼하게 살피다가
등에 묻은 물기도 닦아주고
털 고르는 것을 도와주더니
줄을 서서 쏜살같이 갈대숲으로 들어간다.

끝에 뒤뚱뒤뚱 따라가던 녀석
한 점 남은 노을이 맛있게 보였던지
뒤돌아서 몇 번을 쪼아보다가
쪼르르 식구들 따라 미끄러져간다.

한순간 딸깍, 어둠이 밝게 켜진다.

폐자전거

새로 난 숲길, 소나무의 실팍한 허리에
고삐 같은 쇠사슬로 묶여 있는
그를 발견했다.
태어나서 지금까지 열심히 달려왔을 뿐인데
한껏 부풀어 오르던 내장은
갈라터진 뱃살 사이로 삐져나오고
한쪽이 꺼진 안장에는 푹신하던 스펀지가
푸석푸석 고개를 내밀었다.

그는 둥근 울음을 꾹 눌러 참고 있었다.
둥글둥글 굴리고 왔던 웃음들이
그동안의 거리와 속력만큼이나
깊고 어두운 울음으로 변하여
소나무 주위를 무겁게 짓눌렀다.
새로 난 숲길을 우렁우렁 소리치며
맘껏 달려 나갈 태세로
페달은 숨을 죽이고 있었다.
아마도 덩치 큰 소나무마저 뽑아내 버리고
휙휙 휘파람을 불며 뛰쳐나가고 싶었으리라.

가느다란 목에 단단히 묶여 있는 고삐
소나무는 서서히 이끌어가는 중이다.
오랫동안 아늑하게 쉴 수 있는 곳
단단히 조립된 몸의 부속뿐만 아니라
수도 없이 어지럽게 일렁이던 마음마저
낱낱이 해체되어
바람처럼 뿔뿔이 흩어져야 하는 곳으로

세 명의 내가 쓴 시

시를 쓰다가 잠든 어젯밤, 꿈속에서 또 열심히 시를 쓰고 있었다. 그 시를 쓰고 있는 나를 내가 또 바라보며 무슨 내용인지 곰곰이 읽고 생각하는데 잠든 내가 또 그 모습을 들여다보며 쓴 시를 외우고 있었다. 그 시가 좋아보여서 꿈에서 깨면 얼른 공책에 베껴 써보려고 맞춤법 하나 틀리지 않게 외우고 또 외웠다. 하지만 잠에서 깨면서 그 시들은 바람 맞은 사막의 모래들처럼 흐릿하게 흩어져버렸다. 세 명의 내가 힘들여 시를 쓰고 고치며 외웠지만 아침에 깨어났을 땐 시 한 톨 남아 있지 않은 빈손이었다.

휘리릭 휘리릭

이른 새벽
불어오는 바람에 몸을 맡긴
벚나무의 꽃잎들
서둘러 어디로 가시나

근데 본래 어디에서 오셨나
오래된 어둠 속에서
혹은 저쪽 시간 너머에서 건너와
큰 추위에 잔뜩 몸 움츠리다가
메마른 살결 들치고
슬며시 고갤 내미셨을까

도대체 어딜 가시려고
이리도 서두르시나

눈보라처럼 급하게 쏟아지다가
이제 방금 뭔가 생각난다는 듯이
하나둘씩 휘리릭 휘리릭

매미

아침 공양 중에 흘려보낸 밥알 하나의 죄업으로 108배를 하고 누운 인욕실, 문밖 거미줄에 매달려 버둥거리는 매미를 본다.

방금 걸려든 듯 힘차게 두 날개로 날아보기도 하고 회전하며 벗어나려고 안간힘이다. 떼어줄까 한참을 바라보다가 그만 잠이 든다.

새벽에 고요히 매달려 있는 매미, 떼어본다, 꿈틀거린다, 투명한 날개에 거미줄이 찐득하다. 구름 사이로 언뜻 보이는 푸른 하늘을 향해 힘껏 던진다. 단숨에 마당을 지나 명부전 청기와 위로 초록이 물결치는 숲속으로 쏜살같이 날아간다.

아. 그런데 난데없이 더 잽싸게 뒤따라 날아가는 큰 까치 한 마리

어머니의 눈

안과 렌즈를 통해 들여다보면
오른쪽 눈에는 헛간처럼 잿더미가 가득 찼다.
그 잿더미 속에서
까까머리 내가 더듬더듬 뭔가를 찾고 있다.
지금의 나를 찾고 있는 것일 게다.

왼쪽을 들여다본다.
신나게 손뼉 치는 풋풋한 상추들
걱정거리로 날밤 새우는 늙은 호박이
늘어지게 하품을 하는데
옥수수의 키만큼 뜬 고추잠자리를 뒤쫓던 막내
혼이 대숲 그늘로
마당에 길게 누워 서걱거린다.

소쩍새 울음소리 날아와
샘가에 방울방울 맺혀 떨어지는 저물녘
투정 많은 나는 늘 고샅을 돌아 나가고
누이들도 따라 나가서 저녁 별로 돋아 나온다.

할머니, 세상을 좀 더 오래 보시려면 눈 조심하시고

50

무리하진 마세요.

의사의 한마디, 눈앞이 그냥 먹먹하다.

난꽃

어디선가 줄지어 힘차게 날아온
다섯 마리 기러기 가족,
제일 뒤쳐져 따라온 막내가 좀 비실거린다.

비실거려 내가 가끔 물 뿌려주고
맑게 닦아놓은 하늘길을 일렬로 통과 중이다.

반갑게 손 흔들며
올해도 어김없이 찾아주어 참 고맙다는 말 건네려는데
기럭기럭,
소리 없는 그 향기 허공에 그득하다.

빨간 신호등 건너기

뒷산 가면서 만난 신호등
빨간불인데도 노린재 혼자 건너고 있다.
몇 개의 흰 줄을 지나
차가 지나갈 때마다 몸을 움츠린다.
간신히 노린재가 혹은 차들이 피해 간
중간 지점, 굉음을 울리며
달려오는 거대한 덤프트럭 한 대
나는 까만 점 하나에 온 신경을 집중하며
오만 가지 생각을 굴비 엮듯 엮어내고
트럭은 저만치 멀어져갔다.
한참을 그저 아득하게 서 있을 때쯤
녹색불로 바뀌고, 서둘러 걸어가자
꼼지락거리며 앞장서서 걸어가는 노린재
나머지 구간을 무사히 건너주려고
손을 내밀자 작은 날개를 활짝 펴고
가로수 사이로 사라진다.
날개를 달고도 위태로운 생사의 구간을
걸어서 건너려던 저 고집스러움,
우리 앞에는 어지러운 세상의 한복판을
앞장서서 걸어간 이들이 있었다.

배

자꾸만 두 볼이 미어터진다.
무슨 할 말이 그리 많았던 것인지
입안 가득 삼키지 못한 이야기들을 담고
땅에 닿을 듯 주렁주렁,
실은 할 말이 있어도 함부로 뱉지 말며
할 말이 없어도 시시로 내뱉지 말라는
그렇게 하고 싶은 말들을 알뜰하게 모아서
키워낸 맑은 배 한 알
쓰윽 베어 물자
삭히고 삭혔던 하얀 말씀들이
시원하게 씹힌다.
입안 가득 찬 향이 감돈다.

번데기

반지르르하게 주름만 잡다가 가네.
주름이 깊어질수록 삶의
슬픔도 짙어지고
눈도 귀도 서서히 지워진다네.
평생 독신으로 남기 위해
둥실 집 한 채 마련했던 것은 아니네.
한때는 이 소도시 위로
화려하고 멋지게 날아오르기 위해
그리하여 사랑하는 이와 짝을 짓고
부러운 한 가정 갖길 소망했었네.
하지만 어렵게 마련한 솜털 같은 집이
마지막 무덤이 될 줄이야
그 집마저 슬슬 풀려 저당 잡히고
큰길 건너 공터에 한 솥 가득 모인
이제 오갈 데 없는 이들
무럭무럭 김 나는 주름 잡힌 근심들이
한입 가득 서걱서걱 씹히네.

황금 붕어

한 번에 네 마리씩이나 낚은

이 황금 붕어들은
제 몸을 뜨거운 불에 굽고 있었는지.

찬바람에 자꾸 아려오는
금 간 왼손 약지손가락을 덥힌다.
혈이 통하는지 부은 곳이 부드럽다.
황금 붕어 체온이 점점 식어간다.

내 손을 통해 그네들의 남은 생을
다 거두어들인 것이라고 생각한 순간
약지손가락이 다시 아려오기 시작했다.

이제 삶이 식어버린 황금 붕어들
딱딱하게 굳은 등지느러미가 부서진다.
아내도 자식들도 거들떠보지 않는
그 네 마리를, 나는 꾸역꾸역
허기진 몸속으로 열심히 넣어주었다.
잠시 후 살아서 호흡하며 돌아다니는지

갑자기 내 앞길이 환해지면서
온몸에 생기가 돌았다.

붉은 주머니

꺾어온 감 한 가지 벽에 걸렸다.
빵빵하게 속살 차오른 가슴들
떫은 젊음을 뽐내며
세상 이곳저곳을 손전등처럼 환히 비추더니
농익어 군침 돌게 했다.

이제 그 퉁퉁 불어터질 것 같던 것들이
잔주름이 잡히고 자신도 버겁다는 듯이
아래로 고갤 수그렸다.
선홍색으로 물들었던 볼에도
어느덧 내려앉은 검은 반점들
몸이 졸아들어 삶도 가벼워졌다.

먹지도 못하니 버리기로 하고
먼지 앉은 그것들을 만지작거리는데
작고 딱딱한 게 부딪히는 느낌
둥근 자궁 속에서 새근새근 잠들었다가
화들짝 놀라 깨어나는 소리

늙어서도 몇 개의 씨를 소중하게 품고

끈질기게 버티어낸

붉은 주머니

제3부

목이전木耳傳

울창한 청춘의
한 시절 다 보내고
좀 더 오래 살았다 싶을 때
귀가
몇 개씩 돋아난다고 한다.

가끔씩
입이 돋는 이도 있지만
콩알만 한 귀가 여기저기에 생겨나고
무럭무럭 자라서
그동안 안 들리던 이 세상의 소리들을
세심하게 듣는다고 한다.

어김없이
너도나도 목소리만 커지는 세상사
인정이 바짝 메말라가면
귀도 듣는 것을 멈추고
시들시들 말라 결국 죽는다고 한다.

그러나 걱정할 것 없다.

오래 죽었다가도
천둥번개에 빗줄기 스치면
너도나도 되살아난 귀들이 귓바퀴를 열어제치고
하늘의 목소리를 듣는다고 하니

누군가
그 내용을 진득하게 캐물었으나
그것은 하늘의 일이라
지금까지 한 구절 알려진바 없다고 한다.

시래기

뒷산에 오르다가 팻말 따라간
배추밭, 몸통들은 다 팔려가고
입다가 벗어놓은 헤지고 찢긴 겉옷만
즐비하게 널려 있다.
주섬주섬 주워 모아 한 아름 안고
집으로 돌아오는 신호등 근처
주위 사람들이 나를 시래기 쳐다보듯 한다.

끈으로 엮어 뒤 베란다에 매달고
시들시들 마르길 기다린다.
김장 배추로 맛있는 김치가 되지 못한 것들
대롱대롱 매달려
문 열면 파리한 얼굴로
서걱서걱 삶을 서걱댄다.

몇 달 동안의 바람과 햇살이 스며서 만든
가쁜 숨결, 푹 우러나온 시래깃국
밥 한 그릇 거뜬히 말아 먹고 나니
그동안 그네들이 즐겁게 맞았던 빗방울들이
내 콧잔등에 송송 맺힌다.

소쩍새 울음

소쩍새가 운다.
제 이름을 부르며 대속하는 양
가슴속에서 울고
기운 어깨의 통증에서 운다.

정말 어떤 울음소리는
맑아서 아침 이슬처럼 맺히기도 한다는데
세상을 많이 걸어온 이들에게는
절걱대는 무릎 속에서
시큰시큰 울어준다고 한다.
걸어오고 뛰어오면서 무엇을 보고 느꼈을지
손에 힘껏 그러쥔 것들은
어떻게 거리낌 없이 내려놓을 수 있었는지
속속들이 다 알고 있다는 듯이
잠시 뜸을 들였다가 울기도 하고
왼쪽에서 오른쪽으로 이승에서 전생으로
후생으로 자리를 옮겨가며 운다.

그 음색이 하도나 맑고 깨끗하여
오래 떠돈 자의 아름다운 영혼이

가지런히 비쳐 보인다.

한 무리의 은어

바다와 강이 힘차게 뒤따라왔다.
끊임없이 솟아오르는 물방울들
앞장서기도 하고 다시 뒤로 돌아가
힘들어하는 놈들을 밀어주기도 하면서
물살이 내리치면 칠수록
하나의 단단한 그림자가 되어
먼저 죽은 놈들의 이름을 불러주기도 하며
순백의 미소를 잃지 않는
수박 향 나는 生

구례구역 앞 섬진식당
한 순배의 술잔을 비운 사이
새로 손님들이 들어왔다.
식당 주인아저씨, 담뱃불을 내던지더니
뜰채를 들고 수족관으로 다가가
파닥거리는 한 무리의 은어들을 떠간다.
떠가다가 무슨 생각이 났는지
이제 몇은 세상을 뜨고
몇은 직장에서 퇴출되어
간신히 여기까지 함께 헤엄쳐 온

우리들의 지친 울음소리도
뜰채에 한꺼번에 싹 담아갔다.

수숫대

긴 장대 끝에 손을 매달아 하늘로 난 창문을 열고 있었다.

어느새 쑥쑥 자라 푸른 하늘 안을 빠끔히 기웃거리는, 알
알이 영근 눈동자들

쓱쓱 싹싹 폐휴지 같은 구름을 쓸어 모으다가 그 넓은 하
늘을 손바닥 하나로 다 가려보기도 하는데

무엄한지고, 하늘 한 모서리를 닦는 척 귀를 쫑긋 세우고
슬그머니 하늘의 비밀한 모습들을 엿보려 들다니

천둥

어떤 이는
방울토마토만 한 것을 가지고 있고
다른 이는 수박 크기만 한 것을
가지고 있고
또 좁쌀 한두 개 정도를 가지고 있기도 하지만
드물게는 바위같이 큰 것을 숨겨둔 이도 있다.
겨자씨만 한 것을
호수 크기로 키우기도 하고
산보다 큰 것을 자갈 크기로 줄이기도 한다는데
도대체 그대가 가지고 있는 것으로는
얼마나 멀고 깊은 울음을 보여줄 수 있을 건지.

보리밭

아름다운 바다가 출렁이는 득량만 간척지
초록 보리들이 싱그럽다.
가만히 보니 두어 뼘 보리들은
대운동회 때 굴리던 백군 공을
논바닥에서 논길로 밀어내고 있었다.
작년 가을 추수 끝에
둘둘 말아놓은 사료용 원형 볏짚
이 화장한 봄 무겁다고 거추장스럽다고
보리들이 자꾸 굴러내고 있었다.
그 속에는 지난해 일렁이던 황금빛 들판이
빼곡히 채워진 채 숙성되어가고
참새 쫓는 허수아비의 쓸쓸한 노래와
농부네 땀과 시린 관절의 삐걱거림이 남아 있는데
며칠 새 훌쩍 커버린 봄보리들
싱싱한 어깨로 묵은 시간을 밀어내며
푸른 제 세상을 만들어간다.
초여름이면 머리 쭈뼛쭈뼛한 모들에게
그 자리 도로 내어주고
한 줄기 매캐한 연기로 승천해야 한다는 것을
아는지 모르는지

보리들의 소리 소문 없는 들판 점령이
밀물 드는 득량만 파도만큼이나 드세다.

12월

　까맣게 탄 군고구마 두 마리 까옥까옥 나뭇가지에 앉아
운다.

　몇 잎의 가을이 그물망을 빠져나가지 못하고 무작정 서
성거린다.

　저 붉은 가슴의 짐승을 제 갈 길로 빨리 보내주어야 하
는데

　어두워지는 대숲, 밥물처럼 자갈자갈 끓어넘치는 참새
소리

　까악까악 손바닥에도 얼굴에도 새카만 숯검정이 묻어났
다.

이상인 씨의 농사法

세 들어 사는, 집주인에게 빌린
다섯 평 남짓한 텃밭
뭘 심을까 궁리하는 사이
풀들은 자라 시큰한 무릎을 뒤덮고
숭숭 뚫린 들깨만 멀대같이 흔들렸다.

보다 못한 집주인이 낫을 들고 덤볐지만
나는 스스럼없이 들이미는
풀들의 여린 머리채를 한 번 잡아보곤
그만두기로 했다.
여치며 베짱이, 귀뚜라미의 어린놈들이
우두두 뛰어 달아났기 때문이다.

그네들이 베푸는 들깻잎 알싸한
초가을 연주회에 맨 먼저 초대받아
가장 앞자리에 앉기 위해
가끔 허전함으로 생의 한 귀퉁이가
바람벽처럼 무너져 내릴 때
내 방문 앞까지 찾아와 위로해줄
자연 악사들의 풀빛 악보를 그려보며

나는 빌린 땅뙈기를
미련 없이 다시 빌려주었다.

마루

아침에 발 도장을 찍고 나가고
돌아와 젖은 발 도장을 찍는다.
날마다 새도 나비도 해와 달도
열심히 찍고 간다.

어제 그제 찍힌 발 도장 위에
오늘의 도장이 찍히고
내년이나
삼 년 후의 도장이 겹쳐지겠지만
한 짝도 버리거나 지워버리지 않고
그 많은 세월의 족흔을
가슴속에 정갈하게 보관하고 있다.

밟히고 밟혀도
뼈째 무너져 내리지 않는다.
어쩌다 삐걱, 짧은 신음 내비치지만
그는 바짝 엎드린 그 자세 그대로
온몸의 무게를 다 받아 모신다.

고린내 풀풀거리는 나의

일상도 대뜸 받아 모시는
그의 등짝에 가만 귀를 대본다.
그동안 부지런히 걷고 뛴 발자국들
강물을 거슬러 오르는 연어처럼
떼로 몰려와 귓바퀴를 간질이고
쉼 없이 흘러간 시간이
뒤채며
비늘처럼 반짝인다.

낚시하는 잠자리

금방 불어난 냇물에 낚싯대를 드리웠다.
피라미는 입질도 하지 않고
머리 위를 맴돌던 검붉은 잠자리
낚싯대에 헬리콥터처럼 살며시 앉는다.
흔들어도 꼼짝하지 않는다.
잠시 후 조용하던 피라미들이
은비늘을 반짝이며 뛰어오른다.
두 마리, 다섯 마리 연달아 뛰어오르고
낚싯대는 능청스럽게 휘어진다.
나는 갈수록 무거워지는 낚싯대만 잡고 있을 뿐.

입질이 잦아들자
돋보기 같은 겹눈을 두어 번 굴리더니
무중력으로 날아오른다.
때마침 쑤욱 휘어져 들어가는 낚싯대
내가 무심히 끌어당기자
냇물 한쪽이 힘차게 파닥이며
쭈욱 따라 올라온다.
가슴지느러미가 유난히 검붉다.

빨래방을 나오며

다시 길 떠나라는 출발신호처럼
빨래방 주인이 내 운동화 끈을 질끈 묶는다.
깨끗하게 거듭난 운동화와 등산화
그 비닐봉지를 든 나의 발걸음이 경쾌하다.

뒷산 오르내리던 길이며
지리산 노고단에서 천왕봉까지
2박 3일 종주 때 밟았던 거친 길들이며
때론 울고 웃으며 걷던 시간의 흔적들을
말끔히 씻은 신발,
가벼워진 마음으로 또 가야 할 곳을
재보고 있는 것만 같다.

신발에는 암호 같은 지도가 들어 있다.
새로이 밟아야 할 길들이
까만 눈을 깜박이며 숨어 있다.
희미한 앞길을 선명하게 떠올리게 해주는
운동화 빨래방,
나도 나를 깨끗하게 빨아서
내 죽은 길들을 되살려내고 싶다.

겹겹의 배춧잎

시장에서 사온 배추 몇 포기
밑동 자르자
노란 허물을 벗어놓는다.
며칠이 지나
겉잎 마른 다른 배추를 자르자
더 깊은 맛이 들어 달디달다.

까맣게 잊은 마지막 배추 한 포기
겉이 썩고 문드러져, 버리자고 했다.
그래도 어떻게 생겼는지 속이나 보자며
반으로 가르는데
꽉꽉 찬 속잎이 오히려 싱싱하다.

윗대 조상님들
할아버지 할머니 감싸주시다 가시고
우리 부모님 나와 처자식 걱정해주듯이
점점 몸이 상하고 말라가면서도
하얀 붕대가 되어 칭칭 동여매
속잎 더 노랗고 달착지근하게 만든
겹겹의 배춧잎들

들깻잎

어린 그는 씩씩했다.
푸른 잎 팔 벌려 하늘을 바라볼 때
여린 향기가 코를 감쌌다.
내 배꼽을 넘어 맨가슴을 간질이고
나는 그의 지독한 사춘기 떠돌이 냄새를 맡았으며
햇살 뜨거운 한낮에는
축 처진 그의 한숨에 귀 기울이곤 했다.

나는 가진 것이 없었으므로
그의 푸른 손바닥을 똑똑 취하곤 했다.
내가 필요로 할 때
가령 삼겹살을 구워 먹거나
그냥 부추에 막 된장을 얹어 먹을 때
그를 항상 생각처럼 밑받침으로 얹어주곤 했다.

늘 시간은 기다려주지 않는 법
그의 손바닥에 군데군데 구멍이 생기고
그는 그냥 흔들거릴 뿐
내가 성한 잎을 가려 따고 있을 때
고향 집을 지키듯이 뛰어다니는

똥까지 푸른 여치 새끼들을 거느리고
자꾸만 어디론가 걸어가고 있었다.

어둠이 대추알처럼 익어가는 곳
한밤중이면 별자리들이 환하게 늘어서는
하늘 아래로 느릿느릿

제비꽃 무덤

할머니 무덤에 갔다.
반가운 손자가 왔다며
제비꽃 한 묶음 슬며시 내미셨다.
오른쪽 가슴께에서 흔들리는 제비꽃
발치에도 두어 송이 피어 있는데
나는 선뜻 받지 못하고
머뭇머뭇 무덤 주위만 맴돌았다.
제비꽃을 무척이나 좋아해서
저승 가서도 그 꽃을 키우셨을까
키가 무척이나 작았던 할머니
앉은뱅이 제비꽃
손주들은 다행히 키가 훤칠하게 커서
아마 흐뭇해 하셨을 것이다.
그래 살아갈수록 키가 낮아지신
우리나라의 할머니들
봄이면 가슴에 보랏빛 그리움
몇 포기씩 심어주신다.

애장 터에서

세상에 마악 꽃 피어나던 울음이
가득 담겨 출렁거리던 곳
항아리 하나 탁 깨뜨려지고 날아오른다.
후욱 불어 올리는 뜨거운 숨결 같은
저 흰나비 한 마리
침침한 골방에 쭈그리고 앉아서 읽던
이승의 금서禁書, 접었다 펼쳤다 하며
한 장 또 두 장 부드럽게 넘길 때마다
쏟아지는 금빛 햇살 사이로
투명하게 비춰 보이는 내용들의 속살
하지만 젊은 어미는 밤이면 밤마다
산비탈의 돌자갈처럼 가슴을 쓸어내렸다.
가난한 산모퉁이를 돌아가는 늙은 여우의
울음소리는 또 얼마나 섧고 길었을까
온기 없는 불 꺼진 방
여러 번 생의 골목길을 돌고 돌아 다다른
둥근 독방獨房에 웅크리고 앉아
기다림의 심지를 돋우어 따라 읽던 솔바람 소리
손꼽아 세어보던 산돌림
한때 흘러넘치던 첫울음이 마르고 비틀어져

한 줌 흙으로 化할 때까지 외우며 찍어놓은
눈부신 방점 두 개,
드디어 훨훨 날아간다.
무너진 무덤을 지나 숨 쉬는 나뭇가지 사이
푸른 시냇물이 흘러내리는 천공天空 속으로
그리하여 나는 그 의미를 기쁘게 따라가며
촘촘히 새겨보고 싶은 것이다.

제4부

섬진강 노을

小짜리 참게탕을 시켜놓고 창밖을 보니
구례교 아래 황새 한 마리
강물에 발을 꽂고
꽃밭처럼 펼쳐진 노을을 바라보고 있었다.

순천-완주 간 고속도로 다리 아래로
연하게 번지는 노을을
꿈쩍도 하지 않고 바라보고 있었다.
나도 말간 소주 한 잔,
심란한 엊그제 마음 저쪽으로 털어 넣고
지는 노을을 바라보았다.

술잔이 늘어갈수록 노을은
강 몸살에 섞여 선사시대의 퇴적층처럼
겹겹이 밀려들고
황새는 그 붉고 차가운 노도를
삭정이 같은 다리로 사뿐히 가르면서

참게와 실가리를 듬뿍 뜨고 있을 때
황새는 이쪽을 잠시 쳐다보는가 싶더니

이내 찬란하게 지고 있는 노을을
끈덕지게 바라보고 있었다.

마지막 잔을 아껴 비울 때
생각처럼 꼿꼿하게 서 있던 황새는
지붕에서 떨어지는 빗물에
참 먹물 흐릿해지듯 지워져가고

이승의 차 키를 애인에게 슬그머니 쥐여주면서
나는 구례교에 눈과 입이 뭉개진
前前 생의 내 얼굴이 늘어서 있는
맨 마지막 자리에 서서
어둔 강물 소리 따라 깊이깊이 흐르기 시작했다.

식구

동박새가 매화 가지 사이에서 날아오더니
쮸 쮸, 찌이, 찌이, 쮸 쮸
빠른 장단으로 옹알이하며
스스럼없이 동백나무 품으로 파고든다.
기다렸다는 듯이
푸른 옷섶을 여미며 받아 안는다.
눈썹 닮은 또 한 놈이
쮸 쮸, 찌이, 찌이 부리나케 날아와
함께 꿀을 빤다.
어리광부리듯이 이 꼭지 저 꼭지
돌아가며 꿀을 먹고는
만개한 벚꽃 속으로 장난처럼 사라진다.
그 뒷모습을 쫓는 동백나무의 무수한 눈동자가
스물네 시간, 사방팔방으로 열려 있다.

콩꽃

광주 망월 무덤가에
혼자 피어 있는 노란 콩꽃을
두 손 모아 감싸고 오다가
옛 전남도청 앞에서 살며시 펼치자

노오란 나비 한 마리
멈칫하더니
팔랑팔랑 아픈 기억을 폈다, 접었다
훨훨 날아간다.

어둡고 찬 세월 속에 오래 갇혀 있던
그 맑디맑은 이름 하나
이제 막 푸른 하늘 속으로
손뼉 치듯 날아갔다.

고구마

늘 끝에 가서는 거덜이 났다.
함부로 쥐어뜯기고 골골이 파헤쳐져
포대에 담아 챙기는 놈은 따로 있었다.
늙은 어머니의 자궁 같은 고랑에
푸른 별빛이 쏟아진다.

이런 게 아름다운 것 아니냐고
애당초 우리네 삶이란 것이
앞서 누군가 심어 가꾼 것 내가 거두고
씨 뿌려 순 키워두면 다음 누군가 캐내어
쪄 먹다가 남은 것들 묻어두고
또 수확하여 쓰고 심어두는 것이라고
자답해보는 초저녁

내일 아침에는
물들어 떨어진 낙엽들이 나뒹구는
그대들의 거둔 것 없이 낡은 변두리에도
희고 고운 서리가 깔릴 것이니

태풍

붉은 뻐꾸기가 울다가 떠난 밤이다.

화단의 꽃나무들을 깨우며 점점 커지는 당신의 목소리

창문을 두들기다 끝내는 처마 끝에서 폭포수처럼 쏟아지던 환한 외침

한참을 지난 뒤에야 비로소 깨달았다.

밤낮으로 잠들어 있지 말고 항상 깨어 있으라는 당신의 전언

백설白雪

한꺼번에 쏟아져 내리는 것일까
흰나비들이
하늘을 가득 채우더니
메마른 마음을 깊이깊이 뒤덮는다.

이런 날은
뼈마디 부서지도록 열심히 살아온 시간을
한 장 한 장 되넘겨가며
꼼꼼하게 읽어보고 싶어진다.

아직 그려지지 않은
앞으로 살아갈 날들의 여백을
아득한 그리움으로 스케치하고 싶어진다.

지금까지
나는 따뜻한 사랑으로 그대를 건너왔다.
여기서 만난
흔적 없이 저편으로 건너간 모든 인연이

은은하게 빛나는 추억 위로
무수히 쏟아져 내리는 흰나비 떼처럼
온 세상을 가득 메웠다

백일홍

누가 연두색 화선지 위에
분홍빛 꽃물을 콕콕 찍어놓았나

가슴 졸이고 애태우며
마음의 그림을 그리는 것이다
듬뿍 묻힌 붓으로 머리카락을 그리고
이마와 코와 입을 그려놓고
오랫동안 눈을 생각하는 것이다

사랑은 그런 것이 아니냐고
뜨거워지는 여름날
바람 한 점 없는데, 몸이 흔들리네
푸른 손을 들어 멀리 흔드네

연두색 화선지 위에
콕콕 찍어놓은 미완의 얼굴들
하르르하르르 풀어져 내리는 백 일 후.

황사

이 세상의 온갖 목소리를 다 들어주시던
당신의 그 큰 귀 하나가
스르르 풀어져 내려
이 봄날,
온천지에 무성한 소식들로 그득합니다.

대추나무

푸르스름한 하현 달빛 아래
흔들리는 그의 그림자는
곧,
나의 그림자

작은 꽃들이 피었다가 지고
주렁주렁 영근 영靈들이
큰 목소리로
한꺼번에 붉게 물들어가고

그동안 벗어놓은 내 귀면들이
얼굴을 붉힐 때
이승에서 피었다 이우는 사랑
하늘 가는 먼 길가에
뽀얗게 떠오르겠다.

꽃무릇 사랑

사랑은 이다지도 일찍 피어난다네
천만 번 기다려도 만나지 못한 사람
한순간 불쑥 내밀어보는 붉은 꽃다발은
하늘하늘 허공에서 눈물처럼 메말라가네
이번 생에도 만나지 못한 사랑
지금 어디쯤 달려오고 있나
어느 산모퉁이 추억처럼 기다려야 할까
그리운 나의 아름다운 사랑아

사랑은 이다지도 속절없이 피어난다네
짧은 기다림 시간은 기다려주지 않네
마음만큼 목이 길어진 꽃 한 송이 들고
기다리다 기다리다 나 먼저 길 떠나네
다음 생에도 만나지 못할 사랑
지금 어디에서 애타게 찾고 있나
어느 이우는 풀섶에서 오래 기다리겠네
보고픈 나의 아름다운 사랑아
나의 아름다운 사랑아

망가진 소리판 한 장

목숨 스위치가 딸깍 꺼진
왕매미 한 마리
개미 수백 마리가 모여들어
조문하고 있다.

문상을 마친 개미들은
질기고 늘 무언가에 목말랐던 여름
누구 하나 거들떠보지 않아도
자신만의 격조 높은 음악을 완성하기 위해
서럽게 노래하던 왕가수를 추억하며
수명이 다한 소리판을 조각내
조금씩 물어 나르기 시작했다.

한 목숨 다하고도
중저음 묵직하게 가슴을 울리던 노래는
그렇게 분해되어
누군가에겐 밥이 되고, 기쁨이 되고
지워지지 않는 사랑으로 흐르고

생애 끝, 추모객들이 불러주는

새카만 장송곡 한 줄기
참 길게도 이어졌다.

벚꽃

검은 몸속에 오래 감춰둔
연분홍 편지지를 꺼내어
물결 연서를 펼치다.

그 편지
너무도 화려하고 아름다워
보고 읽는 이들마다 감탄하며
지워진 옛 그림자나
다가올 사랑에 밑줄을 긋는데

한순간 불어오는 바람에
그 내용들 하르르 휘날리네.
오래 두근거리던 마음의 꽃잎
끝도 없이 지워지네.

수평선

끊어질듯 말듯 아스라하게 흔들리고 있는
질긴 인연의 끈
먹먹한 가슴에 감겨져 있던 실타래들이
한정 없이 풀어져서 그리된 것

함께 갇혀서,
날마다
둥글게 둥글게 출렁거리는

무너지지 말자고
손에 손을 잡는 견고한 방파제처럼
그리움 하나 길게 늘여놓고
팽팽하게 잡아당겨 보기도 하고
끊어지지 않도록
느슨하게 풀어주기도 하는

아. 눈먼 항해

대나무처럼

지난해 담장 밖에서 잠입해와

무슨 비밀 결사대처럼

땅속에서 숨죽여 기회를 엿보았던 것

따가운 오뉴월

짧은 창끝을 슬그머니 뽑아 올렸던 것

저걸 어찌할까 생각하는 사이

여의봉처럼 쭉쭉 늘어나 날카롭게 하늘을 찌르던 것

칼집을 벗고

청청한 깃발로 펄럭펄럭 나부끼고 싶은 것

그대 안으로 스며들어

두어 해 꿈인 듯 숨죽여 지내다가 불쑥,

삶이 나를 속일지라도

그동안 읽은 것도 있고
앞으로 남은 분량도 제법 있어 보여
부지런히 넘겨가며 읽고
반드시 느껴보려고
다음 장을 열어보니
아뿔싸,
전에 읽은 내용과 너무도 닮아 있다.
그만 읽을까
그래도 지금까지 읽던 것인데
마음 다독이며 마저 읽으려고 아침마다
한 장씩 넘겨본다.

월산 이현도 씨네 매화나무

문득 온몸이 가렵다.
충혈된 눈이 툭툭 불거진다.
아름다운 새소리 몰려다니고

그동안 꾹 참았던 웃음이
연신 터진다.
쌀 튀밥 같은 웃음꽃,
팔뚝에도 허리에도 손가락에도
활짝 활짝 피어난다.

지조 높은 조선 선비의 향기로
한 집안이, 온 고을이
목화송이처럼 환하게 부푼다.

겹으로 짠 우주그물에서 날아온 나비

염창권(시인)

1. 떠 있는 세계에서,

주제 사라마구의 『돌뗏목The Stone Raft』은 유럽 대륙의 일부가 떨어져 나가 바다 위를 뗏목처럼 표류한다는 가상의 상황을 전제로 한 소설이다. 이러한 상상력을 확장시킨다면 지구를 포함한 태양계도 눈에 보이지 않는 중력장의 영향권 내에서 우주를 표류하는 돌뗏목과 같은 상태라고 볼 수 있다. 아주 큰 전체성과 아주 작은 부분의 질서는 사라마구의 상상력을 넘어서는 곳에 있다. 이를테면, 우주적 상상력이다. 겹 혹은 겹의 우주를 생각할 때 우리의 인식 가능 범주는 현실이 닿지 않는 먼 곳으로 초월한다. 혹은 미시적으로 우리의 현실 속에도 겹으로 짜인 우주가 내재되어 있다.

불교적 상상력은 처음부터 무한의 시공간에 정초하고 있다. 21세기 물리학의 '초끈이론Super String Theory'을 빌려오면, 우주는 역동적인 중력장 혹은 자기장으로 얽혀 있는 그물과 같은 모양이다. 지구의 모양이 그물코의 색에 해당된다면 행성 사이의 공간은 공이다. 그러나 그 색과 공은 한덩어리로 존재하므로, 공과 색의 구별은 없어진다. 즉 태양계의 행성이 각기 따로 존재하거나 위치를 바꾸면 개체적 질서는 유지될 수 없다. 공이 없다면 색도 없어지는 것이다 (우리가 마시는 물방울조차도 이와 유사한 원리로 이루어진다). 일례로, 내가 그대와 분별없이 함께하게 된다면 개체인 그대의 우주는 사라지고 만다. 나와 그대 사이의 거리가 없이는 개체는 존재할 수 없는 것이다. 그래도 좋은가?, 그렇다면 그대는 예속된 삶을 즐기는 종僕의 유전자를 가지고 있는 셈이다.

2. 날개그물

자유라는 말은 참으로 개념 정의하기 어려운 단어이다. 일례로 이 자본시장에서 그대에게 돈만 지불하면 어떤 것이든, 혹은 처녀성이든 살 수 있다고 하자. 그럴 권리가 그대에게 있다면 정말 자유인가? 여기서 도덕적인 면을 제외하고라도, 구매할 수 있는 능력을 갖지 않고는 자유롭지 못함을 금방 깨닫게 될 것이다. 예술적 감수성에서 자유로움은 기존의 인식 양상으로부터 벗어남 혹은 일탈을 의미한다. 이를 통해서 초월적인 세계를 개시開示하게 되고, 의식의 수동적 관념에서 벗어날 수 있다. 흔히, 날개는 자유와 같은 초월적 비전을 성취하는 이미지로 사용된다. 아래 시에서 날개는 우주적 인과 그물에 걸려 펄럭이면서 현존을 야기하는 생의 기표이다.

나비 한 마리가 무밭을 뒤집다.
손바닥 푸른 손금 안에, 생각을 낳는지
소리도 없이 몇 초씩 머물러서
내 등허리 간지럽다.

문득 어깨를 들썩여보니
노란 알에서 깨어난 추억들이 스멀스멀 기어 다닌다.

얼마를 아슬아슬 디디며 견디어야
둥근 하늘에 구멍이 뚫리고 새로운 세상이 열리나

나부끼는 생, 몇 장 독파하고 나니
펼치는 힘찬 나비의 날갯짓
허공에 물결무늬 투명하게 새겨진다.

—「둥근 하늘」 전문

이 시에서는 나비의 날갯짓을 통해 생의 과정을 하나의 무도舞蹈와 같은 출렁임으로 은유한다. 생生하는 것은 고정

된 실체가 아니라 물결 모양으로 현존재를 이끌어가는 과정을 통해서만 드러나는 것이다. F. 카프라는 도교나 불교 등의 신비주의적 전통에 나타나는 것으로, "생은 하나의 무도와 같은 연속적인 자기 갱신을 뜻하며 이는 무한한 윤회의 단계를 나타낸다. 이와 같은 관념은 우화나 비유 혹은 시적 상상을 통해 전달된다."고 하였다.

　이와 같은 상상을 통해서 "무밭"은 하나의 우주적 파장을 이루는 공간이며, 나비는 자아의 상관물이다. 여기서 푸른 잎사귀는 "노란 알에서 깨어난 추억들이 스멀스멀 기어다"니는 기억의 저장소이자, "손바닥 푸른 손금"을 새겨 넣고 있는 운명적인 장소이다. 첫 행의 "나비 한 마리가 무밭을 뒤집다."는 선언적 진술은, 나비의 날개 파장과 이파리가 너울대는 무밭의 우주적 기운이 전체적인 단위에서는 큰 차이가 없이 상응하고 있음을 나타낸다. 여기서 시적 화자인 "나"와 무밭의 "이파리", 공중에 떠 있는 "나비" 등이 무차별적으로 섞여들며 전일全한 우주장 안에서 통합된다. 나비가 날개그물을 흔들며 날아가는 것이나, 푸른 이파리에 새겨진 잎맥의 손금이나 이것을 갉아 먹고 둥근 하늘을 만들었던 나비의 전생인 알 혹은 애벌레 시절이나, 아직 우화하지 못하고 있는 시적 화자의 생각이나 간에, 이들은 서로 넘나들면서도 서로 걸려 당겨지는 일이 없는 겹으로 짜인 우주그물 안에 포함되어 있는 것이다. 마침내 "나부끼는 생, 몇 장 독파하고 나니"와 같은 견성의 순간에 도달하거니와 그 결과로서 얻는 답은 "힘찬 나비의 날갯짓/ 허공에

110

물결무늬 투명하게 새겨진다."와 같은 것이다. "나비의 날갯짓"에는 차원이 다른 몇 장의 생이 겹쳐 있다. 그 그물들이 서로 얽혀서 방해받지 않은 것은, "허공"에 물결처럼 투명하게 새겨져 있으며, 서로 다른 차원의 시간적 계기에 근거를 두고 있기 때문이다.

> 광주 망월 무덤가에
> 혼자 피어 있는 노란 콩꽃을
> 두 손 모아 감싸고 오다가
> 옛 전남도청 앞에서 살며시 펼치자
>
> 노오란 나비 한 마리
> 멈칫하더니
> 팔랑팔랑 아픈 기억을 폈다, 접었다
> 훨훨 날아간다.
>
> 어둡고 찬 세월 속에 오래 갇혀 있던
> 그 맑디맑은 이름 하나
> 이제 막 푸른 하늘 속으로
> 손뼉 치듯 날아갔다.
>
> ―「콩꽃」 전문

이 시에서 원관념인 "콩꽃"은 "노오란 나비"로, "맑디맑은 이름"으로 몸 바꾸기를 하며 은유적 연쇄를 이룬다. 기

실 콩밭에 피어 있는 "콩꽃" 하나는 너무도 작은 꽃잎일 뿐
이다. 그러나 우주적 파장을 일으키고 있는 환생물을 통해
서 볼 때, 결코 작은 것이 아니라 우주적 인과의 모든 질서
를 내포하고 있는 하나의 전체로 성립된다. 생의 한 순간을
환기하는 콩꽃은 "옛 전남도청 앞에서" 시간의 사슬을 풀고
"노오란" 색채의 나비로 날아올라 "팔랑팔랑 아픈 기억을 폈
다, 접었다/ 훨훨 날아간다."고 한다. 마치 그 모습은 망자
의 넋이 현생에서 다시 노랗게 환생하는 것과 같다. 이윽고
"그 맑디맑은 이름 하나"가 "이제 막 푸른 하늘 속으로/ 손뼉
치듯 날아갔다."고 하는 우주적 진동을 보여준다. 이때 생의
시간은 직선이 아니라 나선형으로 순환하는 것이며 이 곡선
의 어느 지점에서 차원이 다른 겹으로 짜놓은 허공그물과도
같은 연기緣起를 직감하고, 하나의 작은 "콩꽃"을 통해서 우
화하여 하늘로 날아가는 이름을 떠올리게 되는 것이다. 그
것은 소멸이 아니라 자기 전환에 해당한다.

지금까지
나는 따뜻한 사랑으로 그대를 건너왔다.
여기서 만난
흔적 없이 저편으로 건너간 모든 인연이

은은하게 빛나는 추억 위로
무수히 쏟아져 내리는 흰나비 떼처럼
온 세상을 가득 메웠다

"무수히 쏟아져 내리는 흰나비 떼"는 분분하게 쏟아지는 "백설"에 대한 직유이자 현존의 한때를 드러내는 기표이다. 그러나 그 인식은 너무도 찰나적이며 소멸에 기울어 있다. 여기서 현존은 지나가는 한때일 뿐이고, 근원적인 시간은 "저편"에 있는 겹이 다른 우주적인 장소이다. 이처럼 현존을 일과적인 시간과 장소로 여길 때, 자아는 떠돎을 멈출 수 없으며 밤중에라도 깨어나서 홀로 길을 가거나 택시를 불러 타고 다른 도시로 훌쩍 떠나게 되는 것이다. 어느 새벽, 낯선 도시에서 이상인 시인을 발견하는 것은 어려운 일이 아니다. 갑자기 시신詩神과의 접신이라도 이루어진다면, 한 도시에서 다른 도시로 뜀뛰듯 건너갈 수 있는 초월적 비전을 이상인 시인은 보여주는 것이다. 그는 공기의 파장을 감지하는 날개를 가슴에 품은 채, 불가해한 도형으로 그려진 날개그물을 펼쳐 겹의 인연을 만나고자 한다.

3. 연기적緣起的인

"우주의 모든 사물은 그 어느 하나라도 홀로 있거나 홀로 일어나는 법이 없다."고 한다. 무한의 시공간 속에서 서로는 서로의 원인이자 결과이며, 대립을 초월하여 하나로 융합된다는 것이 화엄에서 가르치는 무진연기無盡緣起의 법칙이다. "연화장세계蓮華藏世界"는 현상계와 본체, 또는 현상과 현상이 서로 대립하는 모습을 보이면서도 서로 융합하여 그침 없이 약동하는 큰 생명체이다. 이와 더불어 전체와 부분, 부분과 전체가 상호 간에 일체로 넘나들고 있다는 것이 육상원융의 법칙인데, 이는 현대물리학에서 말하는 부분 속에 전체가 포함되어 있다는 홀로그램이나, 모든 우주적 입자들이 그물처럼 짜여 있다는 '구두끈Boots Strap 가설'과도 상통한다.

> 저물녘 대숲에 슬그머니 숨어드는
> 비둘기 한 마리
> 대나무가 푸른 깃을 펼쳐 안아 들인다.
>
> —「여명」 부분

하늘에는 눈에 보이지 않은 그물이 있어 "저물녘 대숲에 슬그머니 숨어드는/ 비둘기 한 마리"의 행적조차 놓치지 않는다. "대나무가 푸른 깃을 펼쳐" 비둘기를 안아 들이는 것은 허공에 섬세한 신경선을 펼쳐놓고 있기 때문이다. 그래서 비둘기가 대숲에 깃들일 때는 댓가지와 함께 허공도 잠시 휘어졌다 일어나는 것이다.

> 단 한 번의 밀어줌으로
> 간단없이 급한 비탈의 경계를 넘어
> 다음 생에 당도한 바위 조각,
> 거기서 또다시

누군가 툭 건드려주는 일이 또 생길 듯이

깊은 꿈을 꾸듯 기다려야 한다.

―「툭, 건드려주었다」 부분

인과의 그물은 산비탈을 구르는 바윗돌에까지 이어져 있어, "누군가 툭 건드려주는" 일만으로도 "경계를 넘어" "다음 생"에 가닿는다. 그러므로 누군가 툭 건드려주었기에 현생의 '나'가 있고, 이 현생을 또 누군가 툭 건드려준다면 다음 생의 어딘가에서 머물게 될 것이다. 이처럼 인연의 그물을 인식하고 이를 생의 이법으로 삼게 되면, 현생조차도 하나의 환幻이자 그림자에 비유될 수 있다.

밑줄 그으며 몇 번씩 침 묻혀 넘겨본 생을 뒤적여보면 한 길 건너 모퉁이에 얼른 어른이 되고 싶은 내가 서성거리고 있었지.

한 번도 본 적 없는 그대를 애타게 기다리다가 다 자라지 못한 생각들을 이듬해 봄 탐스러운 꽃으로 만들어 매달아보곤 하였네.

하르르 그 꽃잎들 지고, 그대도 없이 주렁주렁 품에 안아 키운 다 자란 작은 애인들이 너도나도 얼굴을 붉히는 동안 벌써 시린 발목을 동여매고 가는 야금야금 벌레 먹은 백년 세월의 그림자.

자꾸만 어른이 되지 못한 푸른 비애와 당신을 만나지 못한 노란 그리움들이 군데군데 차돌 박힌 땅바닥을 치며 뚝뚝 떨어져 나뒹굴고

그렇게 흔들리는 세연世緣의 가지를 붙잡고 속이 시커멓게 타들어가고 쭈글쭈글 말라비틀어질 때까지 죽어라 손을 놓지 못하던 하, 수상한 세월이 있었네.

—「애기사과」 전문

연기의 그물을 인식하고 그대를 기다리지만, "하, 수상한 세월이 있었네."와 같이 회상되는 것은 인연의 업이 한 겹의 생애만으로는 쉽사리 성사되기 어려운 까닭이다. "얼른 어른이 되고 싶은" 것은 그대를 만나는 것 자체가 어른이 되어서 할 일이기 때문이다. 들뢰즈에 따르면, 자아는 동일성을 가지고 있으면서도 분열 혹은 양태 변화를 통해서 이전과 그 이후라는 시간의 틈에 따라 서로 분리된다고 한다. 자아는 직선형의 동일선상에서 지속되는 것이 아니라 8자 운동과 같이 순환하는 시간의 중간 지점에서 분리됨으로써 과거의 나와 현재의 나는 차이와 틈을 갖게 되는 것이다. 그래서 과거의 나를 이해하기 위해서는 "밑줄 그으며 몇 번씩 침 묻혀 넘겨본 생을" 다시 "뒤적여보"아야 한다. 여기서 성장기의 추억은 기억의 수동적 종합을 통해 수축되는데, 성장기의 많은 추억 중에서 단 하나로 요약된 것은 "그대"를 기다렸던 일이다.

"그렇게 흔들리는 세연世緣의 가지를 붙잡고 속이 시커멓게 타들어가고 쭈글쭈글 말라비틀어질 때까지 죽어라 손을 놓지 못하던" 것은, 그대를 만남으로써 성장 과업을 완성할 수 있기 때문이다. 어딘가에 있을 그대를 그리워하며, 풋것인 사과를 공중에 주렁주렁 매달고 있다. "한 번도 본 적 없는 그대"이지만, 현생의 업으로 어른이 된 언젠가는 "그대"를 만날 수 있을 것이다. 그러나 그 만남은 오직 "인연의 그물"안에서만 이루어질 수 있으니, 무작정 그 시간을 애태우며 기다릴 수밖에 없다.

> 어디선가 줄지어 힘차게 날아온
> 다섯 마리 기러기 가족,
> 제일 뒤쳐져 따라온 막내가 좀 비실거린다.
>
> 비실거려 내가 가끔 물 뿌려주고
> 맑게 닦아놓은 하늘길을 일렬로 통과 중이다.
>
> 반갑게 손 흔들며
> 올해도 어김없이 찾아주어 참 고맙다는 말 건네려는데
> 기럭기럭,
> 소리 없는 그 향기 허공에 그득하다.
>
> ―「난꽃」 전문

초끈이론은 양자역학적으로 10차원의 시공간에서만 성립

될 수 있다. 그런데 우리가 거주하는 우주는 4차원으로 초팽창을 하고 있는 데 비해, 그에 초대칭되는 나머지 6차원은 그 1/10의 크기로 우리 곁의 어느 곳에 함께하고 있다고 한다. 즉 너무 작아서 보이지 않은 곳에 6차원의 물결을 만들며 또 다른 시공간이 존재하고 있을지 누가 알 수 있으랴!

허공에 깊이가 다른 차원이 존재한다면, "난꽃"을 통해 기러기가 날아가는 겨울 하늘을 상상하는 것은 어렵지 않다. 난꽃이 기러기의 형상으로 공중에 피어 있기에 상상을 통해 두 겹의 공간을 병렬시킬 수 있을 것이다. 이때 난꽃은 줄기에 매달려 피는 것이 아니라 허공의 어느 틈으로 날아온 것이 된다. "맑게 닦아놓은 하늘길을 일렬로 통과 중이다."라고 했을 때 정물인 난꽃이나 화자 자신, 그리고 지구조차도 궤도를 그리며 우주의 중력장을 타고 기러기처럼 끝없는 시공간 속을 여행하고 있는 것은 아닐까. 우리가 문득 허공에서 향기를 맡게 될 때, 숨겨진 6차원의 시공간에 꽃이 피고 있을지도 모른다. 바로 우리 곁에 숨겨진 공간에서 말이다.

물질 상상력에서, 흔히 꽃은 열량이 높은 불의 이미지와 등가적으로 연결된다. 꽃은 공중에서 심지를 물고 있는 불꽃이다. 봄을 맞이하여 상승하는 나무의 기운은 건조한 하늘에 불이라도 그어댈 기세로 폭발하듯 타오른다. 불꽃이라는 우리말에 꽃이 갖는 가연성의 의지가 함축되어 있는 것은 우연이 아니다.

비사표 당성냥 한 줌씩 들고 위태로이 서서

화악, 불 싸질러버릴 태세다

난 그 성냥개비 하나 호주머니에 찔러 넣고

오래 만지작거린다

일어나지 않은,

말없이

말할 줄 아는 충동마저 깡그리 태워버릴

얼음덩이 같은 화염을 생각하며

—「선암매」 전문

성냥개비는 가연성의 의지를 집중시키고 있다. "화악,
불 싸질러버릴 태세"로 긴장하고 있는 것이 또한 꽃망울들
이다. 그 둥근 망울들이 방사되면서 진한 향기를 코피처럼
쏟아낼 때, 꽃잎은 건조한 하늘 아래 불꽃처럼 너울거린다.
이것을 바라보는 화자의 내면에도 꽃핌에 대한 열망이 깃
들어 있음을 알 수 있다. 그런데 왜 "오래 만지작거"리기만
하는 것일까. 그것은 "말없이/ 말할 줄 아는 충동마저 깡그
리 태워버릴" 만큼 폭발력이 강하고 위험한 것이기 때문이
다. 견고한 극기를 토대로 "일어나지 않은," 폭발이며, 그
폭발의 의지만을 "선암매"에 이입하고 있는 것이다. 마음을
허공에 펼쳐놓으면 화염처럼 선암매의 불꽃이 너울댈 것이
다. 그러나 "일어나지 않은," "얼음덩이 같은 화염"이다.

4. 고리loop

    생명의 완성은 직선형으로 나가는 것이 아니라 순환형으로 둥글어진다. 둥글게 삶의 궤적을 그리면서 처음의 자리로 되돌려진 곳에 생의 처음이자 마지막인 죽음이 깃든다. 연어의 모천회귀는 이를 잘 보여준다. 이때 시간은 순환형으로 휘어지면서 끝과 처음이 만나는 고리를 이루게 된다. finish의 어원이 되는 라틴어 'finis'에는 끝냄, 완성Complete 이라는 뜻과 함께 '목표'라는 의미가 포함되어 있다. 목표가 없을 때는 완성의 의미도 없어진다. 마찬가지로 '죽음'은 생의 끝마침과 동시에 생의 목표 달성을 의미한다.

      항암에 좋다는 흰민들레
      우물가에서 깨끗이 씻어 마루에
      가지런히 뉘어놓았다.
      잎과 뿌리가 시들시들해질수록
      힘겹게 고개를 들어 올리더니
      꼭 다물었던 꽃망울을 터뜨리며
      다급하게 둥근 우주 하나씩
      세상에 피워놓는다.

      사지가 깡마르고 심하게 뒤틀리는
      생의 마지막 찰나까지
      온힘을 다해 토해놓은

아름다운 우주선들

한순간 바람에 힘껏 솟구쳐

민들레 주위를 빙글빙글 돌고는

새로운 세계로 환하게 날아간다.

　　　　　　　　　　—「민들레 우주선」 전문

　"민들레 우주선"은 민들레가 피운 꽃으로, 그 하얗고 솜털 같은 씨앗들이 바람을 타고 우주적 시공간의 그물을 향해 날아간다. 이 시에서 민들레는 뿌리가 뽑히면서 말라가는 상태이다. 죽음에 임박해 있으면서도, "온힘을 다해 토해놓은/ 아름다운 우주선들"을 통해 생명의 순환 고리를 완성시킨다. 그래서 민들레는 죽어가면서도 겹이 다른 차원을 향해 우주선을 날려 보내고 있는 것이다. 우주가 홑겹이 아닌 다중의 겹으로 이루어져 있다면 이전의 민들레는 아직 살아 있으며 우주선처럼 날아가는 씨앗들은 겹의 시간과 우주를 향해 날아오르는 것이 된다.

먼지 앉은 그것들을 만지작거리는데

작고 딱딱한 게 부딪히는 느낌

둥근 자궁 속에서 새근새근 잠들었다가

화들짝 놀라 깨어나는 소리

늙어서도 몇 개의 씨를 소중하게 품고

끈질기게 버티어낸

　　　　붉은 주머니

　　　　　　　　　　　　―「붉은 주머니」 부분

　벽에 걸어둔 감이 탱탱한 속살을 지나 졸아들면서 주름지고 검은 반점이 생기면서 못 먹게 되는데, 그 "붉은 주머니"는 감의 온몸이자 씨앗을 품고 있는 주머니이다. "늙어서도 몇 개의 씨를 소중하게 품고" 있는 감 한 알을 통해 생명의 소리를 듣는 것은 시인의 상상력이 대지적 모성을 추구하기 때문이다. 이때 씨앗은 여성의 자궁에 들어 있기도 하지만, 두 개의 주머니를 매달고 있는 남성에게도 내재되어 있다. 어떻게 보면 "붉은 주머니"라는 양성적인 상상력을 통해 몸을 가진 것들은 모두 씨앗을 품고 있으며, 또 그것을 통해 겹이 다른 시공간의 문을 열고자 한다.

　유기론적 생태계의 입장에서 볼 때, 만상의 조응이 이루어지는 것을 어렵지 않게 발견할 수 있다. 동박새는 동백나무와 공생관계를 통해 한 식구가 된다.

　　동박새가 매화가지 사이에서 날아오더니
　　쮸 쮸, 찌이, 찌이, 쮸 쮸
　　빠른 장단으로 옹알이하며
　　스스럼없이 동백나무 품으로 파고든다.
　　기다렸다는 듯이
　　푸른 옷섶을 여미며 받아 안는다.
　　눈썹 닮은 또 한 놈이

쮸 쮸, 찌이, 찌이 부리나케 날아와

함께 꿀을 빤다.

어리광부리듯이 이 꼭지 저 꼭지

돌아가며 꿀을 먹고는

만개한 벚꽃 속으로 장난처럼 사라진다.

그 뒷모습을 쫓는 동백나무의 무수한 눈동자가

스물네 시간, 사방팔방으로 열려 있다.

—「식구」 전문

동백나무는 어머니의 품을 벌려 동박새를 안아 들인다. "빠른 장단으로 옹알이하며/ 스스럼없이 동백나무 품으로 파고"드는 것은 동박새이다. 꿀을 머금은 동백꽃은 어머니의 젖꼭지처럼 동박새를 향해 열려 있다. 그러나 동박새는 아직 어린 장난꾸러기여서 이곳저곳을 날아다니며 장난을 치며 어머니인 나무를 걱정하게 만든다. "그 뒷모습을 쫓는 동백나무의 무수한 눈동자가/ 스물네 시간, 사방팔방으로 열려 있다." 동심적 발상을 보여주는 이 시는 나무를 어머니로 새를 자식으로 대응시킨 동화적 판타지를 통해 공유되는 생태계의 모습을 천진난만하게 보여준다. 이를 통해, 뒤끝이 없는 시인의 성품과 함께 초등 교직 생활이 그의 순수한 시세계를 뒷받침하고 있는 것으로 추론할 수 있다.

5. 떠도는 거처

우리의 시공간이 우주장 위에 떠서 흘러가고 있다고 생각하면, 생의 거처가 공기처럼 가볍고 허허로워질 것이다. 생명은 끝없이 순환하면서 처음이었던 것이 나중이 되고 다시 처음과 합해지면서 일회성의 주기를 마치게 된다. 이때 여행객의 은유를 빌려온다면, 현생은 어느 한 역사驛舍에서 잠시 머물렀다 다른 곳으로 옮겨가는 것이며, 우주적으로는 무한수의 역사에서 각각의 생명이 머물렀다 다른 곳으로 떠나기를 반복하고 있다.

순천만의 갈대밭은 철새들의 안식처이다. 머물렀다 어디론가 떠나야만 하는 곳에는 여객의 은유가 깃들게 마련이다. 그 머무름은 생의 한때를 상기시키며, 문득 떠나온 곳에 대한 질문을 가져온다.

> 순천만 비상하는 흑두루미를 배경으로
> 흐릿하게 찍힌 사진 속에서
> 불현듯 되살아 나온다.
> 역전 콩나물국밥 집 해월식당에 남은
> 이빨 자국 하나 꽉 문 깍두기
>
> 그저 이렇게 저렇게 왔다가 가면서
> 폐허처럼 깊은 그리움을 남긴다.
> 무수한 발자국 위에 또 하나

지워지지 않는 인연의 흔적을 찍듯이

마음만큼 뜨겁던 세월의 뚝배기도
어느덧 바람처럼 뚝딱 비워지고
더러 보내고 남는다는 것이
몸 깊숙이 박힌 이빨 자국 하나 품고
오래 견디는 일이거니

무리 지어 날아와 혼자이듯 앉았다가
대오를 이루어 날아가는 철새처럼
우리는 늘
깊은 상처를 서로 어루만지며
서둘러 떠나가고 있는 것은 아닌지.
　　　　　　　—「순천역이 가슴속에서 떠나갔다」 전문

"순천만 비상하는 흑두루미를 배경으로/ 흐릿하게 찍힌 사진"은 과거를 회상하게 하는 단초가 된다. 들뢰즈는 현재의 지나감을 '재생'과 '반조'로 설명한다. 이 시에서는, 사진으로 찍힌 순천만의 풍경과 역전의 해월집에서 국밥을 비우던 지난 일에 대한 기억과 재생이 있고, 이를 현재화하면서 "만났다가 헤어져" 어딘가로 떠나가는 생에 대한 반조가 있다. 서정시의 시간을 순수 현재라고 하는 것은, 방금 막 지나가고 있는 현존의 시간 위에 과거와 미래가 겹쳐지면서 집중된 이미지로 나타나기 때문이다.

여기서 "순천역"은 깍두기에 이빨 자국을 남기면서 국밥을 비우는 동안의 잠시간 머물렀던 시공간적 지점에 대한 표상이다. 대오를 이루며 날아온 철새들이 머물렀다 가는 곳이 순천만이고, 시적화자가 누군가와 함께 머물렀던 곳은 순천역 앞에 있는 해월식당이다. "더러 보내고 남는다는 것이/ 몸 깊숙이 박힌 이빨 자국 하나 품고/ 오래 견디는 일이거니"와 같은 아포리즘은 우리네 인생사가 철새와 같이 무리를 지어 살면서도, 결국은 나름의 "깊은 상처"를 안고 살아가는 개별적 존재자일 수밖에 없다는 인식을 보여준다. 이와 같은 쓸쓸한 상념의 끝에서, "순천역이 가슴속에서 떠나갔다"와 같은 단언을 하게 되는데 이는 과거와 현존 간의 거리감에 바탕을 둔 것이다. 국밥을 먹던 순천역이라는 시공간은 이미 현존의 때에 이르러서는 이미 존재할 수 없는 대상이 되었으며, 시간적으로도 자아는 정태 변화를 거치면서 다른 지점에 도달해 있기에 이전의 나를 찾을 수도 없게 되었다. 거처도 없이 떠도는 것은 뭇 생명체가 직면하는 숙명적인 업연이며 생의 보편적인 속성이다.

함평군 해보면에 이름이 문장文章인 마을이 있다. "밤실", "입석" 등과 같은 자연적인 특성이 가미되거나 "순천"과 같이 가치가 개입된 지명이 아닌, "문장"은 그 자체로 가치중립적이며 추상적이다. 괄호 안에 무엇이든 집어넣으면 문장리의 문장이 된다. "사람들은 짧은 문장 안에서 산다."는 서두의 선언을 통해서, 마을 사람들은 알지도 못하는 사이에 문장이라는 장소적 경계 내의 삶을 영위하게 된다.

사람들은 짧은 문장 안에서 산다.

잠시도 문장을 벗어나 본 적 없는 명사들이
서툴게 쓴 문장 길을 어슬렁거리고
문장의 크기만큼 열리는 오일장에는
싸고 풋풋한 언어들이 넉넉하게 팔린다.
몇 대째 한 문장에서 함께 사는 이들
고치고 고쳐도 허술한 생을 베개 삼아
저녁이면 30촉짜리
밝은 주제 하나 켜놓고 잠든다.

개구리 떼도 긴 문장 속에서 운다.

어쩌다 문장을 펄쩍 뛰쳐나간 놈들은
소문처럼 아침 안개로 떠돈다.
별들마저 새까만 밤하늘의 첫 페이지에
세상에서 가장 아름다운 문장으로
세상에서 가장 슬픈 전설을 수놓는
이 문장 안에서, 문장 사람들은
서로 뜻이 잘 통하는 한 구절 문장일 뿐.

부대끼며 힘들게 살다 보면
눈인사만 나누어도 금방 친숙해지듯이
짧고 간결한 내용의 문장들이

다시 태어나고 새롭게 고쳐 쓰이다가

결국은 삶의 비틀린 얼룩 자국처럼

세월의 비누로 깨끗이 지워져가는 것이다.

짧고 긴 문장 안에 사는 것들이 많다

―「문장리」 전문

　이 시에서 "문장"이라는 지명이 환기하는 뜻은 중의적이다. 즉 장소적 영역으로서의 "문장리"의 의미와 글 혹은 진술 단위로서의 "文章" 의미가 상호 교차되면서, 공동체적 생활사의 한 단위를 그려내고 있다. "개구리 떼도 긴 문장 속에서 운다.", "짧고 긴 문장 안에 사는 것들이 많다."와 같이 1행의 독립된 연은 서두의 첫 행과 의미가 결속되면서, "文章"이 말이 되고 생활이 되는 개체와 공동체를 아우르는 생활사의 한 장면을 은유한다. 여기서 "문장"은 공동체 혹은 개체적 삶의 의미나 단위로써 기능하다가, 마침내 이 추상명사와 같이 전형화되면서 "문장 안"이라는 한계적 상황을 내포하는 알레고리로 바뀌게 된다. "이 문장 안에서, 문장 사람들은/ 서로 뜻이 잘 통하는 한 구절 문장일 뿐"이라고 한다. 그런 점에서 문장리 사람들의 삶은 실체가 없이 추상화되면서 실체와 환상 간의 구별도 모호해진다. "다시 태어나고 새롭게 고쳐 쓰이다가" 마침내는 소멸을 향해 기울어지면서 "세월의 비누로 깨끗이 지워져"가는 것으로 문장리 사람들의 생애가 요약된다. 이로써 짧은 문장 안에서의 개체적 현실은 사라지고 문장이라는 추상적인 행위소들만 마을을 떠돌게 되는 것이다.

6. 환幻이라는

시공간이 결합된 4차원의 감각으로 보면, 3차원의 공간과 실재는 그림자와 같은 것이다. 모든 존재하는 것들은 현기증처럼 흔들리고 있다. 지상의 숫한 건물들과 나무들은 솟아올랐다 쓰러져 사라지기를 반복한다. 십 년 전에 벌판이었던 곳에는 아파트 단지가 들어서 있고, 또 얼마의 시간이 흐른 뒤엔 그곳은 벌판으로 되돌려질 것이다. 눈앞의 현상계는 구름 그림자처럼 다가왔다가 재빨리 사라져버린다. 우주적 시간에서 보면 현상계의 모든 존재들은 그림자처럼 순식간에 지나가버리고 어느덧 흔적도 남아 있지 않게 된다.

시시로 변해가는 저문 풍경을

귀에 담아두려고

뜰에 흔들의자를 내놓고 있는데

나무들이 꽃들이 나를 중얼거리기 시작한다.

대추나무 사이로 내려앉는 새도

저희끼리 무어라 속삭이며 중얼거린다.

강조할 점이 있다는 듯이

내 이마에 한참을 머물다 방점을 찍는

흰나비 한 마리

일어났다 흩어지는 구름이나 무심히 바라보다가

대숲을 뒤적이는 바람 소리

조금 엿듣고 있을 뿐인데

도대체 무슨 내용이 쓰여 있기에

나를 읽고 또 읽으려 애쓰는 것인지.

　　　　　　　　　　—「경經, 중얼거리다」 부분

　겹의 우주에서는 시적화자도 공중에 떠서 흘러가는 존재
이다. 그 우주적 질서를 예감하고 생태적 그물에 걸려 있는
화자나 다른 차원에서 날아온 나비 한 마리 간에 서로가 서
로를 응시하면서 이해되지 않은 다른 세상을 엿듣고 읽어
내려고 한다. 이해한다는 것은 다른 겹의 차원을 열어보아
야 하는 것인데, 지상의 현상계에서 한 차원만을 허락받은
존재자는 다음의, 혹은 다른 겹을 열어볼 수 없는 것이므로
다만 예감으로써 다른 차원의 존재자가 나를 들여다보고 있
다는 것을 직관할 따름이다.

　이 세상 여기저기에서는

　물방울들이 끊임없이 태어나서 자라고

　잠시 매달려 살다가

　순식간에 떨어져 흔적도 없이 부서져갈 것이다.

　내 살아온 만큼의 무게로 떨어져

가닿아야 할 저 천장 너머 무궁한 바닥,

아득하게 깊다.

—「물방울」 부분

현상계를 넘어선 근원적인 시공간은 지각할 수도 없는 깊이를 갖기에 아득해서 도달할 수 없다. 무한의 심연을 느끼고 바라보는 "나"는 추락에 대한 공포와 두려움을 느낄 수밖에 없다. "잠시 매달려 살다가" "저 천장 너머 무궁한 바닥"으로 추락하면서 한 존재자가 여기에 머물렀다는 사실조차 망각할 때가 있을 것이다. 이와 같이 생각하면, 우리의 일과적인 현생은 하나의 환幻이므로 그가 있었다는 사실조차도 환상이 되고 만다.

이상으로 이상인 시인의 이번 시집『툭, 건드려주었다』를 몇 가지 소주제로 나누어 읽어보았다. 지금까지의 독해는 한 독자가 그의 시에 나타난 특징과 시인의 연대기를 참고하여 읽어본 것일 따름이다. 눈 밝은 독자는 그의 시를 통해 다른 세계를 열어볼 수 있으리라. 이번 시집에서 필자가 특별히 주목한 것은 시공간의 경계인 '여기'와 '저기'에 대한 관념이 두드러지게 나타난다는 점이었다. 이러한 시인의 지향에는 우주적인 관념이 내포되어 있다고 판단하여, 우주가 10차원의 진동으로 존재한다는 물리학의 '초끈이론'을 그의 시에 대응시켜 보고자 하였다.

그의 시를 표면적으로 읽으면 윤회설이나 장자의 호접몽을 떠올릴 수 있을 것이다. 그러나 그의 상상력은 차원을 넘어서는 곳에 있다고 보았다. 밤중에도 가끔씩 그는, 현상계의 질서를 초월하기라도 한 듯이 경계를 넘어 떠돌 때가 있다. 이때는 아무도 그를 막아설 수 없을 정도로 정처 없이 떠돌지만, 다음 날은 소처럼 순한 눈을 껌벅이며 다가오는 것이다. 그의 시가 우주적인 상상력을 밑바탕에 깔고 있는 것은, 이처럼 한밤중에도 경계를 초월하여 다른 겹의 세계를 엿보고 오기 때문은 아닐까? 그의 시에서 사용된 부사어 "딸깍"은 보이지 않는 세계에 대한 노크이며, "툭"은 그 세계와의 접선의 신호이다.

끝으로 시집 『툭, 건드려주었다』의 상재를 축하드리며, 그의 우주적 상상력이 더욱 깊고 유현해지기를 기대해본다.